Über den Autor

Fritz alias Volkmar Friedrich Relle
(Jahrgang *vor biblischen Zeiten*, nach eigenen
Angaben)

Nach einer Karriere, die irgendwo zwischen
Massageliegen, Saunahüten und humorvollen
Alltagsbeobachtungen begann, verschlug es
ihn unweigerlich auch in die Hallen der
modernen Medizin.

Sein Krankenhausaufenthalt war weniger eine
geplante Erholung als vielmehr ein
inspirierender Feldversuch:
Wie viel Humor hält ein Mensch aus, bevor die
Infusion tropft?

Seine Beobachtungen zwischen Blasenspiegelung,
Warteschleife und Katheterploppen füllen nicht
nur dieses Buch – sie füllen vor allem eine
wichtige Erkenntnis:
**Wer im Krankenhaus lacht, lebt schon ein
bisschen gesünder.**

Wenn er nicht gerade Patientenakten mit Comics
verwechselt, findet man ihn draußen auf seinem
Balkon, wo er dem Sonnenuntergang ebenso

gelassen entgegenblickt wie der nächsten
Rechnung vom Gesundheitsamt.

Vorwort

Willkommen im ganz normalen Krankenhauswahnsinn.

Eigentlich wollte ich nur nachts wieder durchschlafen können, ohne stündlich eine enge Beziehung zur heimischen Toilettenschüssel aufzubauen.
Was als harmloser Besuch beim Urologen begann, entwickelte sich zu einer epischen Reise durch die faszinierende Welt von Wartezeiten, Fehlplanungen, Diagnoseschocks und medizinischen Überraschungen.

In den folgenden Kapiteln nehme ich Sie mit auf meine persönliche Odyssee – vom ersten Anruf in der endlosen Telefonschleife bis hin zum glorreichen Moment der Entlassung aus dem Krankenhaus, inklusive aller Stolpersteine, Umwege und unfreiwilligen Kabarettnummern auf dem OP-Stuhl.

Dieses Buch ist keine medizinische Abhandlung, sondern ein ehrlicher, selbstironischer und humorvoller Blick auf ein Gesundheitssystem, das manchmal wirkt, als wäre es von Monty Python persönlich organisiert worden.

Wenn Sie schon einmal in einer Arztpraxis verzweifelt die Decke angestarrt haben oder auf einer viel zu harten Krankenhausmatratze über Ihr Leben nachdenken mussten, dann werden Sie sich vielleicht in der einen oder anderen Geschichte wiederfinden.
Und falls nicht: Seien Sie beruhigt. Es könnte jederzeit soweit sein.

In diesem Sinne: Bleiben Sie gesund – oder wenigstens gut gelaunt.

Euer

Volkmar Friedrich Relle

Vorwort

Willkommen im ganz normalen Krankenhauswahnsinn.

Eigentlich wollte ich nur nachts wieder durchschlafen können, ohne stündlich eine enge Beziehung zur heimischen Toilettenschüssel aufzubauen.
Was als harmloser Besuch beim Urologen begann, entwickelte sich zu einer epischen Reise durch die faszinierende Welt von Wartezeiten, Fehlplanungen, Diagnoseschocks und medizinischen Überraschungen.

In den folgenden Kapiteln nehme ich Sie mit auf meine persönliche Odyssee – vom ersten Anruf in der endlosen Telefonschleife bis hin zum glorreichen Moment der Entlassung aus dem Krankenhaus, inklusive aller Stolpersteine, Umwege und unfreiwilligen Kabarettnummern auf dem OP-Stuhl.

Dieses Buch ist keine medizinische Abhandlung, sondern ein ehrlicher, selbstironischer und humorvoller Blick auf ein Gesundheitssystem, das manchmal wirkt, als wäre es von Monty Python persönlich organisiert worden.

Wenn Sie schon einmal in einer Arztpraxis
verzweifelt die Decke angestarrt haben oder
auf einer viel zu harten Krankenhausmatratze
über Ihr Leben nachdenken mussten, dann werden
Sie sich vielleicht in der einen oder anderen
Geschichte wiederfinden.
Und falls nicht: Seien Sie beruhigt. Es könnte
jederzeit soweit sein.

In diesem Sinne: Bleiben Sie gesund – oder
wenigstens gut gelaunt.

Euer

Volkmar Friedrich Relle

Inhaltsverzeichnis

Einleitung

Wenn Sie dieses Buch in der Hand halten, haben Sie entweder einen sehr eigenwilligen Geschmack, sind selbst betroffen - oder Sie wollen einfach mal wissen, was einen Mann jenseits der 60 so alles zwischen Hose und Humor beschäftigt.

Denn ja: Es geht in diesem Buch tatsächlich um **die Prostata.**
Genauer gesagt: um das, was passiert, wenn sie beschließt, den inneren Luftballon zu spielen und das nächtliche Leben eines Mannes in ein **Dauerpendeln zwischen Bett und Klo** zu verwandeln.

Natürlich hätte ich auch ein Buch über Wein, Wandern oder Weltpolitik schreiben können - aber mal ehrlich:
Was ist schon ein G7-Gipfel gegen eine G1-Pinkelpause um 3:17 Uhr morgens?

Dieses Buch erzählt meine persönliche Reise durch Arztpraxen, Wartezimmer, Krankenhausflure, OP-Säle und

Blasenspiegelungen – mit einem Lächeln auf den Lippen, einem Katheter im Schambereich und einer gehörigen Portion Ironie im Gepäck.

Falls Sie gerade zögern, weil Ihnen das Thema zu heikel, zu intim oder zu eklig erscheint:
Keine Sorge.
Ich verspreche Ihnen: **Es wird gelacht.**
Über Ärzte, über mich, über Missverständnisse, über Pflegepersonal in Farbcode, über Kanülen und Katastrophen – und über das, was wir alle irgendwann erleben, aber keiner gerne erzählt.

Doch genau darum geht es:
Enttabuisieren durch Humor.
Denn was wir mit einem Schmunzeln erzählen können, verliert seinen Schrecken.
Und wenn der Humor mal kurz versagt, hilft vielleicht ein innerliches Plopp-Plopp-Geräusch aus dem Katheterbeutel zur Beruhigung.

In diesem Sinne:
Treten Sie ein in die Welt des
Krankenhauswahnsinns – es tut (fast) gar
nicht weh.

Kapitel 1: Der Anfang vom Ende der Nachtruhe

Ich bin nun in einem Alter, in dem ich nachts öfter aufstehe als tagsüber. Man könnte meinen, mein Körper sei ein Nachtwächter geworden – mit Schwerpunktbereich Blasenmanagement. Während andere Senioren sich über Rücken, Knie oder das Wetter beklagen, hadere ich mit meiner persönlichen Wasserwirtschaft.

Es begann schleichend. Erst einmal pro Nacht. Dann zweimal. Irgendwann hätte ich in meiner Wohnung die Route vom Bett zur Toilette auswendig im Halbschlaf ablaufen können – mit verbundenen Augen und einem vollen Beutel in der Hand. Ich überlegte sogar, ob ich mir nachts zur Sicherheit ein GPS ans Bein schnalle, falls ich auf halbem Weg die Orientierung verliere.

Doch eines Nachts, irgendwo zwischen dem dritten und vierten Toilettengang, beschloss ich: **Es reicht.** Nicht nur mit dem Pinkeln, sondern mit dem Ignorieren. Ich werde mich der Sache stellen. Tapfer, wie ein moderner Ritter. Nur dass mein Drache nicht Feuer spuckte, sondern drückte.

Also rief ich am nächsten Morgen beim Urologen meines Vertrauens an. Ein Mann, der sich mit dem Inneren des Mannes besser auskennt als manche mit dem eigenen Navi. Am Telefon meldete sich eine freundliche Stimme, die mir sofort das Gefühl gab, ich sei in einer Dauerschleife gelandet, irgendwo zwischen "Bitte haben Sie einen Moment Geduld" und "Die nächste freie Mitarbeiterin ist gleich für Sie da".

Nach knapp 15 Minuten (oder vier TV-Wiederholungen, je nach Zeiteinheit) sprach endlich jemand mit mir. Es folgte ein Fragenkatalog, der eher an die Aufnahme für ein Zeugenschutzprogramm erinnerte als an einen Arzttermin: Name, Adresse, Krankenkasse, Telefonnummer, Geburtsdatum, Grund des Anrufs,

Lieblingsfarbe und ob ich beim Pinkeln
eher links- oder rechtshändig bin.

Dann die entscheidende Information: "Der
nächste freie Termin ist – Dienstag in
acht Monaten." Ich dachte zunächst, ich
hätte mich verhört. Acht Monate? Ich
wollte doch nur wissen, warum ich nachts
so oft raus muss und nicht meine Rente
vorab einreichen.

"Darf ich den Termin für Sie reservieren?"
fragte die Stimme.

Was sollte ich sagen? Klar, reservieren
Sie ruhig. Vielleicht bin ich bis dahin ja
schon trocken. Oder erleuchtet. Oder
beides.

Kurz überschlug ich im Kopf: Acht Monate
bedeuten rund 240 Tage. Und bei etwa 17
Wiederholungen pro Tag im öffentlich-
rechtlichen Fernsehen macht das über 4000
Wiederholungen, bis ich endlich einem Arzt
gegenübersitzen würde. Wenn ich Glück
hatte, hatte sich mein Zustand bis dahin

erledigt - entweder durch spontane Heilung oder weil ich aus Erschöpfung in der Toilette eingepennt wäre.

Und doch: Ich nahm den Termin. Denn wie heißt es so schön? Ein Mann muss tun, was ein Mann tun muss. Vor allem, wenn er es nachts ständig tun muss.

Kapitel 1: Der Anfang vom Ende der Nachtruhe

Medizinischer Merksatz des Tages: *Schlaf wird im Krankenhaus nicht verschrieben – er wird systematisch verhindert*

Kapitel 2: Wartezimmer mit Endgegner

Drei Tage vor dem lang erwarteten Termin erinnerte mich Alexa mit dem Befehlston einer Feldwebelin: "Termin Uro!" Ich stutzte kurz. Termin Uro? Was soll das sein? Ein neues Reinigungsmittel? Ein süditalienischer Rotwein? Erst nach kurzem Nachdenken fiel es mir wieder ein: Ach ja – der Urologe! Der Termin, auf den ich acht Monate lang hingebibbert hatte, wie andere auf ein Coldplay-Konzert.

Ich machte mich pünktlich auf den Weg, bewaffnet mit meiner Versichertenkarte und dem festen Vorsatz, dem Arzt meine Blasengeschichte so ehrlich wie ein Beichtkind vorzutragen.

Kaum angekommen, durfte ich auch schon auf der heiligen Liege Platz nehmen. Ohne großes Vorgeplänkel wurde meine Bauchdecke mit einer Substanz bestrichen, die irgendwo zwischen Eisschlamm und Frostschutzmittel lag. "Ein bisschen zur Seite drehen", sagte der Arzt und drückte mit dem Ultraschallgerät meine Organe so zur Seite, wie man ein Sofa verschiebt, um darunter zu saugen.

"Ah, da haben wir ja schon das Übel", murmelte er. Ich bekam spontan ein wenig Puls. "Der ist schon ziemlich groß. Den holen wir raus."

"Was denn bitte?" fragte ich alarmiert.

"Na, der Nierenstein."

"Wegen dem bin ich aber nicht hier", entgegnete ich. Das hätte ich besser nicht gesagt. Der Blick des Arztes wechselte schlagartig von professionell zu pikiert. "Dann machen wir am besten gleich noch eine Blasenspiegelung."

Blasenspiegelung. Ein Wort, das klingt wie ein Wellnessangebot, aber in Wirklichkeit nur eines bedeutet: Kamerafahrt durch ein Terrain, das besser unberührt geblieben wäre. Zehn Minuten später lag ich auf einem Stuhl, der aus dem Katalog für moderne Foltermethoden stammen könnte. Ich war untenrum frei, obenrum angezogen und mittendrin emotional entkernt.

Das Highlight: Zwei Assistentinnen standen bereit, direkt neben meinen Füßen. Ich weiß bis heute nicht, ob das Schnuppertage waren oder ob sie gerade die Ausbildung zur Rohrverlegerin absolvierten. Jedenfalls war es für mich der erste Auftritt vor Publikum – und keiner hatte Applaus verdient.

Die Diagnose war eindeutig: vergrößerte Prostata.

Die empfohlene Therapie: Ausschabung.

Der nächste Termin: Nächste Woche.

In TV-Wiederholungen umgerechnet: Nur noch 140 Mal "Der Bergdoktor", dann ist es soweit.

Kapitel 2: Wartezimmer mit Endgegner

Medizinischer Merksatz des Tages: *Im Wartezimmer vergehen Minuten wie Stunden – außer du musst aufs Klo, dann bist du sofort dran*

Kapitel 3: Operation Irrtum – drei Ärzte, drei Wahrheiten

Ich war vorbereitet. Also, soweit man sich auf eine OP im unteren Körperbereich vorbereiten kann. Ich hatte geduscht, mich innerlich verabschiedet und meinem besten Stück noch einmal gut zugeredet: "Du packst das." Dann ging's los. Dachte ich.

Denn zunächst kam – nichts. Kein Bett, keine Einweisung, kein OP-Hemd mit freier Rückenlüftung. Nur ein Pfleger, der sich mit entschuldigendem Blick näherte: „Also… das ist jetzt nicht Standard, aber… wir gehen gleich mal runter in den OP. Das Bett… das kommt dann schon irgendwann." Ich marschierte also in Straßenkleidung zum OP - wahrscheinlich sah ich aus wie jemand, der den Narkosearzt für ein Blind Date hält.

Unten angekommen begrüßte man mich mit dem Charme eines Kneipenteams kurz vor

Feierabend. Immerhin hatte ich meine Unterhose noch an. Noch.

Drei Stunden später wachte ich auf. Also, körperlich. Geistig war ich irgendwo zwischen Wattebausch und Regenbogen. Da erschien plötzlich ein Mann an meinem Bett. Weißer Kittel, ernster Blick.

„Ich bin der Narkosearzt", sagte er. „Ich wollte mit Ihnen die morgige OP besprechen."

„Die was bitte?" fragte ich.

„Die OP morgen… Sie sind doch Herr Relle?"

„Ja."

Er wurde blass. Blasser als ich nach der Narkose. Und verschwand wortlos. Ich vermute, meine OP war erfolgreich - aber wohl auf Basis der Narkosewerte von jemand anderem. Wahrscheinlich wurde irgendwo ein 23-jähriger Bodybuilder mit meiner Dosierung in den Tiefschlaf geprügelt,

während ich mit der sanften
Seniorenportion vorliebnahm.

Doch das war nur der Anfang. Zwei Tage
später, ich lag bereits wieder ans Bett
gefesselt wie ein besonders unbequemer
Fernsehgast, kam ein Arzt zur Visite.
Weißer Kittel, Maske, Körpersprache wie
ein gebrochener Akkuschrauber.

„Wir mussten die OP abbrechen", sagte er.
„Es hat stark geblutet, ich habe nichts
mehr gesehen. Wir machen übermorgen
nochmal weiter."

Wunderbar. Ich fühlte mich wie ein
Filmprojekt, das in Etappen gedreht wird –
ohne Drehbuch, aber mit Special Effects.

Am Nachmittag erschien dann eine andere
Ärztin, komplett in OP-Blau. „Wir haben
eine Zyste entdeckt. Wir wollten nichts
riskieren und haben das Material, das wir
ausgeschabt haben, erstmal in die Blase
verschoben."

Aha. Also quasi ein medizinischer Zwischenparkplatz.

Am Entlassungstag dann Version Nummer drei. Ein dritter Arzt, ein neuer Blickwinkel: „Wir haben mit dem Laser angefangen. War eigentlich das falsche Gerät für Ihre Prostata. Deshalb haben wir dann klassisch ausgeschabt."

Ich hätte fast laut gelacht. Statt Hightech-Laser also Holzhammermethode. Dafür hätte ich auch beim alten Urologen bleiben können, gegen den ich mich in einen OP-Kleinkrieg begeben hatte.

Was ich daraus gelernt habe?
Wer glaubt, bei einer OP sei nur der Schnitt entscheidend, hat noch nie drei Versionen derselben Geschichte gehört – und alle sind offiziell.

Kapitel 3: Operation Irrtum – drei Ärzte, drei Wahrheiten
Medizinischer Merksatz des Tages: *Medizin ist keine exakte Wissenschaft – aber jeder hat exakt recht.*

Kapitel 4: Zwischen Tropf und Tratsch – das Personal, die Farben und die Sprache der Station

Es heißt, man solle Menschen nicht nach ihrer Kleidung beurteilen. Im Krankenhaus ist das leider unumgänglich – weil es sonst gar keinen Anhaltspunkt gäbe, wer dort eigentlich was macht. Namensschilder sind oft winzig, die Hierarchien undurchschaubar, aber die Kleidung? Die spricht Bände. Und zwar in **blau**, **gelb** und **weiß**.

Blau – die fleißigen Helfer. Sie bringen das Essen, schieben Betten, räumen Tabletts ab, entsorgen Katheterseen (Erklärung im nächsten Kapitel) und zaubern bei Bedarf ein Lächeln ins Gesicht. Sie sind immer in Bewegung, flink wie Ameisen, hilfsbereit und selten schlecht gelaunt. Mein Respekt: hoch.

Gelb – die goldene Mitte. Tabletten bringen, Infusionen wechseln, mal ein freundliches Wort, mal ein gestresster Blick. Arbeitstempo mittel, Stimmungslage situationsabhängig. Ich mochte die Gelben – sie wirkten wie der Puffer zwischen oben und unten.

Weiß – das Kommando in Person. Man erkennt sie an der Haltung (aufrecht), am Tempo (gemächlich) und an der Lautstärke (variabel, je nach Anlass). Ihre Hauptaufgaben: delegieren, dokumentieren, diagnostizieren und – ganz wichtig – Besprechungen führen. Die finden übrigens auch gerne mal nachts um eins statt, wie ich dank eines verpassten Kontrollgangs persönlich erleben durfte.

Neben der Farbe war aber noch etwas anderes auffällig: die Sprache. Und damit meine ich nicht nur Deutsch, sondern **alle Versionen davon**. Ich traf auf Mitarbeitende aus Rumänien, Bulgarien, Slowenien und Deutschland – wobei Letztere

oft die schlechteste Grammatik hatten.
Eine Szene blieb mir besonders in
Erinnerung:

Eine Schwester ruft quer durch den Flur:
„Musst du holen Verbandzeug! Gehen in
Lager!" Ich wollte fast „Jawohl, Frau
Hauptfeldwebel!" rufen, aber ich war
gerade damit beschäftigt, eine Infusion zu
balancieren.

Im Gegensatz dazu sprach eine rumänische
Kollegin nahezu fehlerfreies Deutsch – mit
charmantem Akzent, aber in vollständigen
Hauptsätzen. Ich fragte mich, ob sie
heimlich Duden-Abos verteilte.

Ich hätte fast begonnen, eine eigene
Matrix zu entwickeln:

- Farbe = Hierarchiestufe

- Herkunft = Sprachqualität

- Bewegungstempo = Arbeitsethik

- Freundlichkeit = tagesformabhängig

Aber ich ließ es bleiben. Denn so sehr man sich anfangs fragt, wer da eigentlich am Bett steht – am Ende zählt vor allem, **wer mit Herz arbeitet.**

Und davon gab es viele.

Weniger bei Weiß.
Aber immerhin ein paar bei Gelb.
Und ganz viele bei Blau.

Kapitel 4: Zwischen Tropf und Tratsch – das Personal, die Farben und die Sprache der Station

Medizinischer Merksatz des Tages: *Wer im Stationsflur nicht mithört, verpasst entweder die Medikamente oder die besten Geschichten.*

Kapitel 5: Plopp, Plopp – Geräusche aus der Katheterhölle

Nach der OP war ich – wie man so schön sagt - angeschlossen. Katheter, Beutel, Schläuche, die ganze Einrichtung. Mein Unterkörper glich einem Hightech-Versuchsfeld, auf dem man jederzeit mit einer NASA-Mission hätte landen können.

Der Katheterbeutel hing brav am Bettgestell, und um nächtliches Personal zu entlasten, hatte man ein Ventil eingebaut, das die Flüssigkeit in einen Eimer darunter leitete. Eigentlich genial. Wäre da nicht der Ton gewesen.

Denn dieser Ton – nennen wir ihn freundlich „ploppend" – war ein ständiger Begleiter meiner Nächte. Anfangs rhythmisch, fast beruhigend. *Plopp… plopp… plopp…* – wie eine tropfende Entspannungsquelle in einem japanischen

Garten. Ich schlief dabei ein, so wie
andere bei Meeresrauschen oder Kaminfeuer.

Doch in jener besagten Nacht änderte sich
alles. Irgendwann gegen halb drei wachte
ich auf. Es war still. Verdächtig still.
Kein Plopp. Kein Tröpfchen. Stattdessen
ein dumpfes *pf… pf…*, das klang, als würde
jemand mit einem Strohhalm in eine Suppe
pusten.

Ich linste aus meinem Bett. Und sah sie:
die Mecklenburgische Seenplatte, verteilt
über Fliesen, Eimer, Schuhe und alles
dazwischen.

Ich drückte den Rufknopf. Sekunden später
erschien das Personal. Die Farbe Blau
stürzte sich heldenhaft ins Geschehen,
bewaffnet mit Tüchern, Eimern und einer
Tapferkeit, die eines Katastrophenschutzes
würdig gewesen wäre. Weiß hingegen
erklärte mir, leicht genervt: „Wir hatten
um 01:00 Uhr eine wichtige
Personalbesprechung, da konnte der
Kontrollgang leider nicht stattfinden.“

Mein Highlight kam am Morgen. Mein Bettnachbar, ein bayerischer Urgesteinsmensch mit Katheter vorn **und** hinten, schimpfte leise vor sich hin: „Der rutscht scho wieder raus." Dann wollte er aufs Klo. Zwei Schritte, dann blieb er stehen wie eine Statue vor dem Kollaps. Um ihn herum bildete sich ein zweites Feuchtbiotop.

Ich alarmierte erneut. Diesmal kamen Weiß und Gelb. Weiß schimpfte, Gelb beschwichtigte. Am Ende kam natürlich wieder Blau und beseitigte die Spuren.

Ich dachte: Wenn ich jemals ein Orchester gründen sollte, nenne ich es **„Die Katheter-Sinfoniker"**. Ihre erste Komposition: „Plopp in C-Dur".

Kapitel 5: Plopp, Plopp – Geräusche aus der Katheterhölle

Medizinischer Merksatz des Tages: *Wenn es ploppt, zischt oder zieht, ist meist etwas mit dir verbunden, das du lieber nicht sehen willst.*

Kapitel 6: Blutbank Deluxe und Kanülenträume

Wenn man als Patient erst einmal ans System angeschlossen ist, gibt es zwei Dinge, die garantiert häufiger angezapft werden als das WLAN: das eigene Blut und das eigene Vertrauen. Besonders das erstere wurde bei mir mit der Sorgfalt eines Weinkenners entnommen – in regelmäßigem Abstand, dafür aber mit wachsendem Volumen.

Direkt nach der OP ging es los. Blutabnahme. Morgens, mittags, abends, dazwischen, danach. Ich hatte das Gefühl, man wolle in mir eine private Blutbank anlegen – vermutlich zur Eigenversorgung der Station. Besonders einprägsam war der Moment, als man mir zwei große Spritzen mit jeweils 200 ml Blut abzapfte. Mein Kommentar: „Wollen Sie sich eine Hausmarke abfüllen?" wurde mit einem müden Lächeln quittiert.

Bald war mein Arm so durchstochen wie ein schlecht gepflegtes Nadelkissen. Meine Venen: zickig, scheu und tief verborgen – kurz gesagt, die Diven unter den Blutbahnen. Ich erinnerte mich mit Wehmut an meinen alten Fahrlehrer. Der hatte Venen, wie man sie sonst nur in medizinischen Lehrbüchern sieht: prall, blau, direkt unter der Haut – und immer synchron zum Puls. Ich bilde mir ein, seine Ader an der Schläfe pochte jedes Mal, wenn ich den Motor abwürgte.

Aber zurück ins Krankenhaus. Für das Legen einer Kanüle wurde ich eines Tages von einer jungen Frau in weißem Kittel angesprochen. „Ist bei Ihnen alles in Ordnung?" fragte sie freundlich. „Ich warte nur, dass mir jemand die Kanüle legt", antwortete ich.

„Darf ich das machen?" Ich sah keinen Grund, nein zu sagen. Ihre ruhige Art wirkte vertrauenswürdig, und da ich nichts ahnte, sagte ich nur: „Aber Achtung, ich bin kein leichter Fall." Ich erklärte ihr meine schwer auffindbaren Venen und gab ihr – wie ein väterlicher Coach – Tipps zur besten Stelle. Sie nickte konzentriert und stach. Schmerzfrei. Punktgenau. Ich war begeistert.

Nach dem Eingriff lag ich wieder im Aufwachraum, als ich eine lebhafte Diskussion hörte. Es ging um **mich**. Offenbar hatte sich meine Kanülenkünstlerin etwas zu viel zugetraut. Sie war keine Krankenschwester – sondern Praktikantin. Und weil ich sie so gelobt hatte, hatte sie gleich auch bei anderen Patienten weitergeübt – leider mit durchwachsenem Erfolg.

Später kam eine echte Schwester zu mir: „Wer hat Ihnen denn die Kanüle gelegt?" – „Die nette junge Kollegin vorhin", antwortete ich. Sie seufzte tief. Ich auch – aber mehr aus Bewunderung. Denn selbst wenn sie nur Praktikantin war: Sie hat es besser gemacht als manch ausgebildete

Kollegin. Vielleicht war es ja Berufung.
Oder einfach ein Glückstreffer.

Ich dachte mir nur: Wenn mein Blut schon
zur Übung herhalten muss, dann wenigstens
unter fairen Bedingungen. Vielleicht
schreibe ich irgendwann ein Zertifikat:
**„Hiermit wird Frau XY bescheinigt, dass
sie eine Kanüle unter erschwerten
Bedingungen mit Bravour gelegt hat – bei
Patient R., Venenklasse IV."**

Und ja – ich hätte unterschrieben. Mit
letzter Kraft. Und einem Tropfen Blut.

Kapitel 6: Blutbank Deluxe und Kanülenträume

Medizinischer Merksatz des Tages: *Blutabnahme im Krankenhaus ist wie Lotto: Manchmal triffst du, manchmal wirst du zehnmal gestochen.*

Kapitel 7: Der Rachefeldzug des Gefechtsstandes

Eine Woche nach der OP stand die Nachuntersuchung an. So steht es zumindest im Entlassungsbrief. Ich nahm also mein Telefon und rief wieder bei meinem ursprünglichen Urologen an. Sie erinnern sich - jener, dem ich nach acht Monaten Wartezeit und einer frostigen Blasenspiegelung den Rücken gekehrt hatte.

Ich erklärte mein Anliegen höflich, erwähnte den Klinikaufenthalt und dass ich gerne den empfohlenen Kontrolltermin wahrnehmen würde. Die Antwort kam trocken: „In vier Wochen hätten wir einen Termin frei."

Vier Wochen? Ich war sprachlos. „Aber es handelt sich um eine Nachsorgeuntersuchung direkt nach einem Eingriff."

„SIE haben doch den OP-Termin abgesagt", kam es pampig zurück.

Ich versuchte, ruhig zu bleiben. „Ja, weil Sie keinen Laser hatten, wie ich ihn gebraucht hätte."

Nach einer bedeutungsschwangeren Pause hörte ich dann: „Moment, ich schau mal… Also gut. Kommende Woche wäre noch was frei."

Ich war erleichtert. Bis ich dort ankam.

Pünktlich wie ein deutscher Bahnfahrgast vor dem Streik betrat ich die Praxis, gab brav meine Karte ab – und wurde gebeten, im Wartezimmer Platz zu nehmen. Dort saßen sechs Patienten. Ich rechnete, wartete, zählte innerlich herunter. Fünf… vier… drei… zwei… einer… ich.

Doch dann: Patient Nummer sieben, acht, neun – alle nach mir gekommen, alle vor mir aufgerufen. Ich warf bereits Schatten an die Wand, als man mich nach 90 Minuten endlich in ein leeres Arztzimmer führte. „Der Doktor kommt gleich", sagte die

Empfangsdame, freundlich wie eine Stewardess im Sinkflug.

Ich setzte mich. Neben mir: meine Akte, sauber aufgeschlagen, Entlassungsbrief obenauf. Ich wartete. Fünf Minuten. Zehn. Fünfzehn. Niemand kam. Keine Tür, kein Klopfen, kein Lebenszeichen.

Mir dämmerte: Das hier war kein Arztzimmer – das war ein Exempel.

Ich stand auf, nahm meinen Entlassungsbrief und verabschiedete mich mit einem höflichen, aber innerlich triumphierenden „Auf Wiedersehen". Die Empfangsdame nickte mir zu, als hätte ich gerade ein Duell ehrenvoll verloren.

Ich suchte mir einen neuen Urologen. Denjenigen, der mir schon einmal die Nierensteine entfernt hatte. Er war inzwischen 30 km weitergezogen, in eine Gemeinschaftspraxis. Ich nahm die Strecke in Kauf – und siehe da: Ich wurde empfangen wie ein Mensch.

Ich erzählte ihm meine Geschichte. Er lächelte süffisant. „Ja, so sind sie." Dann verriet er mir, dass der von mir gewünschte Laser übrigens im 50 km entfernten Regensburg stand – und mein ursprünglicher Urologe mit genau diesem Krankenhaus kooperierte.

Ich rechnete nach: Wäre ich geblieben, hätte ich vielleicht nur halb so lange gewartet, hätte aber genauso im OP geendet – und das vermutlich ohne „Plopp". Nur mit bitterem Beigeschmack.

Manchmal ist die medizinische Wahrheit eben wie ein Katheter:
Unbequem, aber aufschlussreich.

Kapitel 7: Der Rachefeldzug des Gefechtsstandes

Medizinischer Merksatz des Tages: *Wenn die Bürokratie erwacht, hat selbst die Krankenschwester keine Chance mehr – dann herrscht das Formular.*

Kapitel 8: Die 10 Krankenhaus-Gebote

Wer eine Woche Krankenhaus überlebt, hat nicht nur eine Rechnung, sondern auch Erkenntnisse. Ich habe meine gesammelt – in Form der 10 Gebote für stationäre Überlebenskünstler. Sie sind nicht medizinisch geprüft, aber garantiert aus dem wahren Leben.

1. Du sollst nicht glauben, dass der Arzt pünktlich ist.
Der Begriff „Visite am Vormittag" bedeutet in Wahrheit: irgendwann zwischen Frühstück und Abendessen.

2. Du sollst dein Bett hüten – außer, wenn du gerade schläfst.
Dann wirst du geweckt. Für Blutdruck, Temperatur oder weil jemand wissen will, wie's geht.

3. Du sollst das Essen nicht hinterfragen.
Es sieht nicht so aus wie auf dem Foto –

und schmeckt auch nicht so. Aber hey, es
ist warm. Meistens.

4. Du sollst die Farben erkennen und unterscheiden.

Blau hilft. Gelb beruhigt. Weiß
entscheidet. Wenn du das verwechselst,
wird's peinlich – oder teuer.

5. Du sollst dich an den Katheter gewöhnen.

Er ist dein neuer bester Freund. Und er
ploppt. Immer dann, wenn Gäste kommen.

6. Du sollst keine Privatsphäre erwarten.

Zimmernachbarn, offene Türen,
Assistentinnen bei intimen Untersuchungen
– willkommen in der Reality-Show „Station
3".

7. Du sollst nicht googeln.

Dr. Google hat immer recht – aber leider
auch immer Krebs als Ergebnis. Lass es
einfach.

8. Du sollst keine Diagnosen hinterfragen.

Vor allem nicht, wenn du von drei Ärzten

drei verschiedene bekommst. Nimm die beste und geh mit ihr nach Hause.

9. Du sollst niemals sagen: „Es kann nicht schlimmer kommen."
Denn genau in dem Moment wirst du auf dem Flur stehengelassen – mit offenem Kittel und piepsendem Tropf.

10. Du sollst darüber lachen.
Denn wer nicht lacht, wird irgendwann ernst. Und das ist im Krankenhaus das Letzte, was du willst.

Diese zehn Gebote ersparen dir keine Schmerzen, keine Wartezeiten und auch kein Grießbrei mit Einlegebirne – aber sie geben dir Würde, Haltung und etwas, das zwischen Blasenkatheter und Behandlungsplan gerne mal verloren geht: **Humor.**

Kapitel 9: Typologie der Mitpatienten

Ein Krankenhausaufenthalt ist wie ein Überraschungsei: Man weiß nie, wen man bekommt. Im Laufe meiner Genesungszeit begegnete ich einer Vielzahl von Typen, die vermutlich jede Station dieser Welt bevölkern. Hier eine kleine Auswahl:

1. Der Dauertelefonierer

Er liegt scheinbar bewegungslos im Bett, aber sein Handy-Akku schafft problemlos eine 12-Stunden-Schicht. Egal ob Familie, Freunde oder die Wetter-App – alles wird kommentiert und geteilt. Gerne auch in Zimmerlautstärke.

2. Der Selbstdiagnostiker

Er hat Google auf Speed-Dial und kennt jede Nebenwirkung, jede seltene Krankheit und jede Komplikation besser als das gesamte Ärztekollegium zusammen. Fragt man ihn nach seiner Einschätzung, bekommt man eine Ferndiagnose inklusive Therapieplan.

3. Der still leidende Märtyrer

Er sagt nichts. Nie. Man hört nur gelegentlich ein leises Stöhnen oder ein dramatisches Seufzen. Sein Ziel: Mitleid erregen, ohne tatsächlich zu klagen. Meister der passiven Kommunikation.

4. Der Fluchtexperte

Er will eigentlich gar nicht hier sein. Jede Stunde kündigt er an, dass er "morgen früh auf eigene Verantwortung" gehen wird. Bleibt dann aber doch, wegen "letzter Untersuchungen".

5. Der Betttechniker

Er verstellt sein Krankenbett in jeder erdenklichen Weise: Hoch, runter, Kopfteil rauf, Füße runter, Rückenlage, Bauchlage. Geräuschpegel: industriell. Erkenntnis: Das perfekte Bett gibt es nicht.

6. Der Pflegeflüsterer

Er hat zu jeder Schwester ein persönliches Verhältnis aufgebaut. Kennt alle beim Vornamen, verteilt Komplimente und erreicht damit, dass seine Infusionen schneller gewechselt werden als bei anderen.

7. Der heimliche Gourmet
Er schwärmt vom Krankenhausessen, als käme es direkt aus einem 5-Sterne-Restaurant. Während andere über verkochten Blumenkohl jammern, lobt er die "herrliche Würze" der Haferschleimsuppe.

8. Der Komapatient light
Er schläft. Immer. Egal ob Blutdruckmessung, Besuch, Essensausgabe oder Feueralarm – nichts kann ihn wecken. Manchmal fragt man sich, ob er überhaupt noch lebt, bis ein plötzliches Schnarchen Entwarnung gibt.

9. Der Hobbyanimateur
Er organisiert inoffizielle Zimmerprogramme: Kreuzworträtsel-Wettbewerbe, Serienmarathons, philosophische Diskussionen um zwei Uhr nachts. Immer gut gemeint – selten gefragt.

10. Der philosophische Entschleuniger

Er sieht in allem ein tieferes Zeichen. Das Plopp des Katheterbeutels? Ein Symbol der Vergänglichkeit. Der fehlende Nachtisch? Eine Lektion in Bescheidenheit. Man verlässt das Gespräch mit ihm nie ohne Kopfschmerzen – aber oft mit einem kleinen Schmunzeln.

Ob man sie liebt oder verflucht: Ohne diese Charaktere wäre der Krankenhausalltag nur halb so unterhaltsam. Oder, um es mit den Worten meines Bettnachbarn zu sagen: **"Gott sei Dank sind wir alle ein bisserl narrisch."**

Was mir im Krankenhaus (nicht) alles
passiert ist… in den folgenden Kapiteln

Kapitel 10: Zimmer 5b – Der Bettnachbar, der nie schläft

Als ich in Zimmer 5b einzog, war das Bett am Fenster bereits belegt. Das ist nie ein gutes Zeichen. Patienten, die vor einem selbst im Zimmer sind, haben sich meist häuslich eingerichtet, die Steckdosen blockiert, die Fernbedienung beschlagnahmt und die Schwestern emotional an sich gebunden. Ich kam mit einem Kulturbeutel, mein Bettnachbar hatte einen Drucker.

Er hieß Harald. Und Harald schlief nicht.

Nicht etwa, weil er Schlafprobleme hatte. Nein – Harald *verachtete* den Schlaf. Schlaf war für ihn eine Art Charakterschwäche, ein Symptom mangelnder Disziplin. Stattdessen hielt er Nachtwache. Nicht für mich, sondern für das Krankenhaus. Und er war erstaunlich gewissenhaft dabei.

"Wissen Sie, wie oft die Schwester nachts die Vitalwerte kontrolliert? Genau! Nicht oft genug!"
Das war das erste, was ich von ihm hörte – um 2:43 Uhr, nachdem ich versehentlich gewagt hatte, einzuschlafen.

Harald war ein Frühaufsteher. Genauer gesagt: ein **Niemals-Schläfer**. Seine Augenlider hatten wahrscheinlich längst aufgegeben, überhaupt noch müde zu werden. Dafür verfügte er über ein umfangreiches Repertoire nächtlicher Beschäftigungen:

- das Knistern von Alufolien (wegen „Mitternachtssnack"),

- das wiederholte Justieren seines Bettes in exakt 15-Grad-Winkeln („gegen Reflux"),

- das leise, aber bestimmungsbewusste Scrollen durch 763 TV-Sender,

- und eine Geräuschkulisse beim Zähneputzen, die an einen Kärcher-Einsatz in der Autowaschanlage erinnerte.

Einmal fragte ich ihn, ob er vielleicht Ohrstöpsel wolle. **"Wieso?"**, erwiderte er. **"Ich höre nichts – ich bin schwerhörig."** Natürlich hatte er das mit Lautstärkegrad „Presslufthammer" gesagt.

Harald hatte eine Mission. Er kontrollierte alle Pflegekräfte auf Genauigkeit, Uhrzeit und Temperaturangabe. Beim Messen des Fiebers verlangte er einen Zeugen. Er notierte alles in ein Heft, das er „Patiententagebuch" nannte, aber

vermutlich war es eher eine
Anklageschrift.

Einmal wurde ihm versehentlich die falsche
Nachspeise gebracht. Es war Vanillepudding
statt Grießbrei. Ich schwöre, in seinen
Augen flackerte kurz der Bürgerkrieg.

"Vanille. Pudding. Um diese Uhrzeit!"
Er notierte das Datum. Die Uhrzeit. Den
Namen der Schwester. Den exakten
Aggregatzustand des Puddings.

Ich schlief irgendwann einfach trotzdem.
Kurz. Vielleicht fünf Minuten. Ich
erwachte, als Harald am Fenster stand, mit
Blick nach draußen und sagte:
**"Sie kommen. Ich habe Bewegungen am
Schwesternstützpunkt erkannt."**

Ich bin mir bis heute nicht sicher, ob er
mich beruhigen oder warnen wollte.

Kapitel 10: Zimmer 5b – Der Bettnachbar, der nie schläft

Medizinischer Merksatz des Tages: *Der
gefährlichste Patient ist nicht der Kranke –
sondern der, der alles mitprotokolliert und
nie die Augen schließt.*

Kapitel 11: Visite oder Verhör?

Untertitel: Wer sind Sie, was machen Sie hier – und warum atmen Sie so komisch?

Es war 6:27 Uhr, ich hatte gerade meine Bettdecke wieder über die Füße gezogen, da betrat eine Truppe von Menschen mein Zimmer, die verdächtig nach einem Strafverteidigerteam mit Oberarzt aussah.

"Guten Morgen, Herr Relle."
Ich war mir nicht sicher, ob das eine Begrüßung oder eine Anklage war.

Vorneweg ein Arzt mit weißem Kittel, der die Aura eines Mannes ausstrahlte, der in den letzten 48 Stunden auf mindestens fünf Kongressen gesprochen hat - gleichzeitig. Direkt dahinter: drei Assistenten, eine Medizinstudentin mit iPad, ein Pflegepraktikant, ein Mann mit Klemmbrett, der verdächtig nach Hausmeister aussah, und ein Mensch, dessen Funktion nie geklärt wurde - vielleicht ein Kunsttherapeut oder zufällig anwesender Vertreter für Inkontinenzmaterial.

"Wie geht's uns denn heute?", fragte der Leitende Oberarzt, ohne aufzuschauen.

Ich hätte gerne geantwortet, aber ich war
gerade beschäftigt - mit dem Versuch,
meinen Pyjama zu schließen, während acht
Personen meine Narbe diskutierten wie ein
antikes Fresko.

"Na, das sieht ja ganz manierlich aus!"
Ich glaube, er meinte die Wunde. Oder
mich. Vielleicht aber auch den
Zimmerpflanzenersatz auf der Fensterbank,
eine Packung Papiertaschentücher.

Dann folgte die **Fragerunde**, die an ein
sehr einseitiges Speed-Dating erinnerte:

- Wie ist der Stuhlgang?

- Haben Sie Schmerzen?

- Warum haben Sie Fieber?

- Woher kennen Sie diesen Pfleger?

- Ist das Ihre Zahnbürste?

Ich antwortete in ganzen Sätzen. Es war
sinnlos. Keiner hörte zu. Die Studentin
tippte Dinge ein, vermutlich: „Patient bei
Bewusstsein, aber mit Hang zum Reden."

Nach exakt drei Minuten und 14 Sekunden
verließen sie das Zimmer. Ohne Abschied.
Ohne Erklärung. Ich hätte genauso gut eine
wilde Tiergruppe aus der Serengeti

beobachten können: kurz rein, alles markieren, weiterziehen.

Fünf Minuten später kam Schwester Ingrid.

"Na, war die Visite schon da?"
Ich nickte langsam.

"Und was ham's gsagt?"
Ich überlegte.
"Dass ich Fieber hab."
"Und?"
"Dass sie nicht wissen, warum."

Schwester Ingrid zuckte mit den Schultern.
"Dann passt's ja."

Kapitel 11: Visite oder Verhör?

Medizinischer Merksatz des Tages: *Visite ist wie Theater: Du bist Hauptdarsteller, weißt aber weder den Text noch wer Regie führt.*

Kapitel 12: Die Jagd nach dem Pfirsichjoghurt

Untertitel: Zwischen Laktose, Logistik und Lebenssinn

Krankenhäuser haben viele Geheimnisse. Manche sind medizinisch, andere menschlich - aber das größte Rätsel ist und bleibt: **Warum gibt es nie Pfirsichjoghurt?**

Ich hatte mich an viele Dinge gewöhnt: ans frühe Wecken, an das tägliche Fiebermessen im Halbschlaf, an den Satz „Ist das Ihr Urinbecher oder der vom Nachbarn?" - aber dass *jeden* Tag beim Mittagessen der Joghurt fehlte, den ich wirklich mochte, trieb mich langsam in einen Zustand, den man wohl als „puddingnahen Nervenzusammenbruch" bezeichnen müsste.

Am ersten Tag dachte ich: „Zufall."
Am zweiten: „Systemfehler."
Am dritten: „Sabotage."

"Heute haben wir Aprikose, Kirsche oder Natur."
Natur! Der blanke Hohn. Ein Joghurt, der schmeckt wie ein leerer Kühlschrank.

"Haben Sie auch Pfirsich?", fragte ich zaghaft.
Die Servicekraft - nennen wir sie Frau

Joghurt - lächelte sanft.
"Pfirsich ist leider schon weg."

Schon weg? Es war 11:37 Uhr!
Ich begann, meine Sitznachbarn im
Speisesaal zu beobachten. Keiner aß
Pfirsich. Manche rührten nicht mal ihren
Becher an. Einer hatte zwei Joghurts auf
dem Tablett - Aprikose und… **Pfirsich!**
Ich taxierte den alten Mann mit OP-Hemd,
Rollator und sehr wenig Appetit.
Vielleicht, dachte ich, könnte man
verhandeln. Gegenleistung: Ich binde ihm
die Pantoffeln zusammen oder tausche mein
Natur gegen sein Pfirsich. Aber dann
öffnete er den Becher - und rührte ihn
minutenlang. Meditativ. Als wäre es ein
alchemistischer Trank.

"Schmeckt's?", fragte ich.
"Ist zu warm."
"Wollen Sie ihn vielleicht nicht essen?"
"Doch. Vielleicht morgen."

Ich begann, einen Plan zu entwickeln. Im
Lager müssen Kartons voller
Pfirsichjoghurt stehen. Ich stellte mir
vor, wie Schwester Ingrid mit Taschenlampe
und Schutzanzug durch die Kühlkammern
schlich, um den letzten Becher zu sichern.
Vielleicht gab es einen geheimen Code:
"Patient Pfirsich aktivieren."

An Tag fünf platzte mir der Kragen.
"Ich will Pfirsichjoghurt. Und zwar jetzt."
Die neue Servicekraft – jung, verwirrt, vermutlich Praktikantin – starrte mich an.
"Ähm… ich glaub, wir haben noch einen… im Schrank vom Stationszimmer…"
Ich war wie elektrisiert. Eine Minute später brachte sie ihn. Goldgelb. Kalt. Mit Löffel.

Ich aß ihn langsam. Mit Andacht. Die Schwester, die hereinkam, fragte, ob ich Besuch vom Pfarrer hätte. Ich schüttelte den Kopf. **"Nein. Höhere Macht. Pfirsich."**

Kapitel 12: Die Jagd nach dem Pfirsichjoghurt

Medizinischer Merksatz des Tages: *Die wahren Kämpfe im Krankenhaus werden nicht im OP geführt – sondern an der Dessert-Front.*

Kapitel 13: Die Schwester mit dem Spülwahn

Untertitel: Putzen, bis der Patient quietscht

Sie hieß Schwester Renate. Aber inoffiziell trugen viele Patienten nur noch den Codenamen **„Mr. Proper im Kittel"** für sie im Herzen – und den Albträumen. Ihre Mission: Desinfektion. Ihre Waffe: ein gelber Putzwagen mit der Lautstärke eines Laubbläsers und dem Wendekreis eines Linienbusses.

Renate betrat das Zimmer immer überraschend. Und immer mit einem kräftigen **„Na, da schauts aus!"**, das zwischen Feststellung, Anklage und Segensspruch lag.

Sie begann grundsätzlich dort zu wischen, wo man gerade lag – oder schlief – oder beides.

"Nur kurz drunter durch."
Ein Satz, der in anderen Kontexten eindeutig verboten wäre, hier aber bedeutete, dass sie mit dem feuchten Mopp unter meinem Bett durchfuhr, während ich noch darauf lag. Ich wurde einmal davon

wach, weil sich mein gesamtes Lattenrost kurz hob.

Sie hatte ein Händchen für die Unzeit.
Wenn gerade der Stationsarzt da war – sie kam.
Wenn man gerade auf Toilette war – sie putzte.
Wenn man schlief – sie klopfte.
"Nur kurz!" rief sie, und schon zischte das Sagrotan wie ein Dampfstrahl aus der Hölle.

Eines Morgens wollte ich mich gerade zum Waschen ins Bad begeben.
"Nee, das is' grad frisch gemacht!", rief sie, **"da bitte nix rein mit Keimen!"**

Ich: **"Ich bin der Patient!"**
Sie: **"Na, dann gerade Sie nicht!"**

Ihre Definition von „sauber" war religiös. Es wurde nicht nur gewischt – es wurde „vergeistigt". Einmal schrie sie empört, weil jemand den Mülleimer nicht mit dem Fuß geöffnet hatte. Der Schuldige war ich. Ich hatte mit der Hand… nun ja.

"Sie greifen doch da nicht mit der Pranke hin?! Wollen Sie zurück auf die Intensiv?!"

Ich wagte es nie wieder.

Kapitel 13: Die Schwester mit dem Spülwahn

Medizinischer Merksatz des Tages: *Sauberkeit ist schön – aber wenn selbst der Kittel frisch gewaschen zurückzuckt, ist es vielleicht zu viel des Guten.*

Kapitel 14: Klingel für Fortgeschrittene

Untertitel: Wer drückt, gewinnt – oder verliert alles

Die Notrufklingel.
Eine unscheinbare Fernbedienung mit der Macht, Menschen aus dem Schlaf zu reißen, Panik auszulösen oder – nichts.
Denn das Drücken ist leicht. Doch was danach passiert, ist ein Glücksspiel zwischen Hoffnung, Reaktion und kollektiver Verwirrung.

An meinem ersten Tag im Krankenhaus betrachtete ich sie ehrfürchtig.
Ein roter Knopf an einem grauen Kasten mit Schnur. Fast wie eine Fernbedienung für das Leben – nur dass sie nicht Netflix startet, sondern Schwester Ingrid.

"Wenn was ist, einfach drücken."
Dieser Satz begleitete mich – wie ein stilles Versprechen.
Aber wann ist denn wirklich „was"?

Ich drückte einmal, weil mein Tropf piepte.
Es kam niemand.

Ich drückte ein zweites Mal – etwas länger.
Es kam jemand. Aber in ein anderes Zimmer.

Ich drückte ein drittes Mal – mit Nachdruck.
Jetzt kam jemand. Mit genervtem Gesichtsausdruck.
"Ach Sie waren das. Was haben wir denn?"
"Der Tropf piept."
"Das macht er immer."

Ich überlegte, ob das auch für Herzrhythmusstörungen gilt.

Im Nachbarzimmer hatte ein älterer Herr offenbar ein anderes Verhältnis zur Klingel. Er drückte sie im 15-Minuten-Takt – vermutlich zum Zeitvertreib oder als Trainingsgerät für die Feinmotorik.

"Was gibts denn jetzt?", fragte die Schwester irgendwann.
"Ich hab mich nur verlegen."
"Dann legen Sie sich wieder zurück!"

Eines Nachts – 3:14 Uhr – drückte ich, weil mein Infusionsschlauch sich um meinen Arm gewickelt hatte wie eine Python mit Liebeskummer.
Zwei Minuten später ging die Tür auf – nicht die Schwester, sondern Harald aus Zimmer 5b stand da.
"Ich habe die Klingel gehört. Brauchen Sie Hilfe?"

Ich überlegte kurz, ob ich lieber würdelos
sterbe oder von Harald entwirrt werde. Es
wurde die zweite Option.
Er holte die Schwester. Aber nicht, ohne
vorher meinen Blutdruck geschätzt zu
haben.

Und dann war da der Tag, an dem ich die
Klingel vergaß.
Ich lag da. Schmerz. Durst. Krampf.
Kein Gedanke an den Knopf.
Die Schwester kam zufällig vorbei.
"Warum haben Sie nicht geklingelt?"
"Ich dachte, Sie kommen eh nicht."

Sie schaute mich an wie einen verlorenen
Sohn.
"Sie müssen lernen zu vertrauen.
Aber nicht zu oft drücken."

Kapitel 14: Klingel für Fortgeschrittene

Medizinischer Merksatz des Tages: *Die
Krankenhausklingel ist wie ein Joker: Wer ihn
zu früh spielt, verbraucht ihn. Wer zu spät
drückt, bleibt liegen.*

Kapitel 15: Der Urologe, der aus dem Nichts kam

Untertitel: Intime Fragen von völlig Fremden

Es war Dienstagvormittag, ich hatte gerade meinen Joghurt (Aprikose, nicht Pfirsich – wir erinnern uns) halb gegessen, als sich die Tür öffnete.
Ein junger Mann trat ein. Weißer Kittel, Aktenordner unterm Arm, frisch rasierter Babyface-Blick – wahrscheinlich noch flüssig, als ich meine erste Prostatauntersuchung hatte.

"Guten Tag, ich bin der Urologe."
Kein Nachname. Kein Titel. Kein Händedruck – was in diesem Fachgebiet irgendwie schon beruhigend war.

"Ich hätte da ein paar Fragen."
Und schon saß er auf dem Stuhl neben meinem Bett, schlug den Ordner auf, und ich hatte das unangenehme Gefühl, dass jetzt gleich Dinge zur Sprache kommen würden, die man selbst der eigenen Ehefrau nicht so ausführlich schildert.

"Wie oft entleeren Sie Ihre Blase täglich?"
Ich antwortete vorsichtig: **"Kommt drauf an, wie viel Tee ich trinke."**

Er notierte: *Patient verweigert konkrete Antwort.*

"Wie ist der Harnstrahl – kräftig, unterbrochen oder tröpfelnd?"
Ich wollte antworten: **"Wie ein unentschlossener Gartenschlauch."**
Sagte aber nur: **"Wechselhaft."**
Er nickte verständnisvoll, als hätte ich gerade einen seelischen Zusammenbruch offenbart.

Dann kam der Moment, den ich fürchtete:
"Wie sieht's mit der Sexualfunktion aus?"

Ich stockte. Nicht wegen der Antwort – sondern wegen der Tatsache, dass hinter ihm die Tür noch offen stand. Und Schwester Ingrid mit Wagen vorbeischob. Und Harald aus 5b gerade wieder auf Patrouille war.
Ich murmelte etwas, das klang wie „gelegentlich normal", worauf er aufhorchte:
"Wie definieren Sie gelegentlich?"
Ich dachte: „Na, so wie Ihre Besuche - völlig überraschend, unangekündigt und mit fragwürdigem Timing."

Er schrieb: *Patient weicht aus. Libido reduziert?*

Dann stand er auf, verbeugte sich beinahe asiatisch höflich und sagte:
"Das war's dann. Ich gebe das so weiter."

Und verschwand.
So plötzlich, wie er gekommen war.

Ich lag da. Mit meinem Joghurt. Und fragte
mich, wer das jetzt alles gelesen hat.
Vielleicht sitzt gerade ein Oberarzt im
Besprechungszimmer und sagt:
"Zimmer 5b? Sexuell unklar."

**Kapitel 15: Der Urologe, der aus dem
Nichts kam.** Medizinischer Merksatz des Tages:
Manche Fragen stellt man sich selbst nie. Der
Urologe stellt sie trotzdem – vor Publikum,
mit Klemmbrett und maximaler Direktheit.

Glossar des gepflegten Leidens – Krankenhaus von A bis Z

Anästhesie:

Zustand vollkommener Ahnungslosigkeit, wer gerade was mit einem macht.

Aufwachraum:

Ort, an dem man merkt, dass man noch lebt – meistens dank piepsender Geräte oder schimpfender Schwestern.

Blasenspiegelung:

Kurzurlaub im Inneren des eigenen Körpers – Eintritt frei, Komfort null.

Blutentnahme:

Täglicher Beweis, dass Vampire vermutlich ursprünglich aus Krankenhäusern stammen.

Entlassungsbrief:

Dokument, das bestätigt, dass man überlebt hat – und gleichzeitig neue Termine für weitere Untersuchungen enthält.

Gefechtsstand:

Inoffizielle Bezeichnung für die Rezeption einer Arztpraxis, wo man freundlich lächelt, während man auf einen Sitzplatz, einen Termin oder Erbarmen hofft.

Inkontinenz:

Gesellschaftlich totgeschwiegenes Naturereignis, das ungefähr ab 50 schleichend einsetzt. Niemand hat es, alle kennen jemanden, der es hat – und jeder bunkert heimlich mehr Slip-Einlagen als Medikamente.

Katheter:

Der unsichtbare Begleiter, der einen nachts ploppen und tagsüber seufzen lässt.

Laser-OP:

Theoretisch eine Hightech-Behandlung. Praktisch häufig das Warm-up für eine herkömmliche Ausschabung.

Personalbesprechung:

Geheimes Treffen weißer Kittelträger zu nachtschlafender Zeit – vorzugsweise

während Patienten durch Seenplatten
paddeln.

Tropf:
Langsamer, aber konsequenter Wasserfall
direkt in die eigenen Venen.

Urologe:
Facharzt für alles, was man ungern
besprechen, aber manchmal retten möchte.

Visite:
Mystisches Ritual, bei dem viele Menschen
um das Bett stehen, schnell reden und dann
wieder verschwinden, ohne wirklich zu
helfen.

Wartezimmer:
Raum der existenziellen Prüfung. Wer hier
überlebt, schafft auch den Rest.

Zyste:
Der plötzliche Sonderfund bei einer OP,
der ärztliche Pläne spontan umwirft wie
ein Windstoß ein Kartenhaus.

Bonuskapitel: Wahre Wartezimmergeschichten -Teil 1

1. Das Kind und das Pflaster

Ein kleiner Junge saß gelangweilt im Wartezimmer. Seine Mutter war in ein Gespräch mit einer anderen Mutter vertieft. Währenddessen entdeckte der Junge die Theke, an der Pflaster und Desinfektionsmittel griffbereit lagen. In einem unbeobachteten Moment steckte er sich eines der Pflaster quer über den Mund – und kaute genüßlich darauf herum, als sei es ein neuer Kaugummitrend.

Als die Mutter es bemerkte, war das Pflaster bereits halb verschwunden. Die Sprechstundenhilfe kommentierte trocken:

„Keine Sorge, ist medizinisch sterilisiert. Vielleicht heilt's ihn von innen."

2. Der lebende Lautsprecher

Ein älterer Herr telefonierte im Wartezimmer. Ohne Kopfhörer. Ohne Rücksicht. Ohne Scham.
Man erfuhr in den folgenden zwanzig Minuten: dass seine Tochter schwanger ist, dass sein Rasenmäher kaputt ist und dass sein rechter Fuß neuerdings pfeift.
Als die Arzthelferin ihn aufrief, beendete er das Gespräch mit den Worten:
„Jetzt geh ich zum Urologen. Mal sehen, ob der noch was findet, was ich reparieren kann."

3. Die dramatische Ankündigung

Eine ältere Dame betrat das Wartezimmer und verkündete laut:
„Also ICH komme ja NUR zur Kontrolle - MIR fehlt ja nix!"
Kurz darauf wurde sie mit einem Rollstuhl abgeholt.
Kommentar des Sitznachbarn:

„Naja, manchmal merkt man's halt selber nicht."

4. Der Improvisationskünstler

Ein Herr mittleren Alters blätterte durch eine Frauenzeitschrift aus dem Jahr 2017. Nach kurzem Seufzen holte er aus seiner Tasche ein Sudoku-Heft, zückte einen Kugelschreiber - und löste die Rätsel direkt auf dem Beistelltisch.
Als die Arzthelferin ihn bat, das Heft zu verwenden, das auf dem Tisch lag, antwortete er:
„Ich hab das Tischsudoku genommen. Ist doch öffentlich, oder?"

5. Der selbsternannte Arzt

Ein nervöser Mann sprang bei jedem neuen Patienten auf, musterte ihn von oben bis unten und flüsterte dann zu seinem Nachbarn Einschätzungen:

„Der da hat bestimmt Lungenentzündung. Und der da – Gicht, hundertprozentig."

Als ihn eine Mutter mit Kleinkind misstrauisch ansah, setzte er noch einen drauf:

„Keine Angst, ich sag nix. Ich bin ja fast Arzt. Hab in drei Staffeln Grey's Anatomy alles gesehen!"

Bonuskapitel: Wahre Wartezimmergeschichten – Teil 2

6. Die medizinische Verschwörung

Eine Dame im mittleren Alter flüsterte zu ihrer Nachbarin:
„Wissen Sie, ich glaube ja, die Ärzte hier verlängern absichtlich die Wartezeiten, damit wir uns gegenseitig anstecken und sie mehr zu tun haben."
Darauf der Sitznachbar, ohne aufzusehen:
„Oder sie wollen uns testen, wer am längsten ohne Kaffee überlebt."

7. Die kostenlose Sprechstunde

Eine ältere Dame nutzte die Zeit, um jedem Wartenden ausführlich ihre eigenen Krankengeschichten zu erzählen.
Über Galle, Rücken, Knie und Meniskus wusste bald jeder im Raum mehr als so mancher Hausarzt.
Ein junger Mann am Fenster murmelte

irgendwann:

„Ich brauch doch keinen Arzt - ich brauch
Ohrstöpsel."

8. Der Medikamententausch

Zwei Senioren unterhielten sich über ihre
Medikamente.
Nach kurzem Fachsimpeln bot der eine dem
anderen eine seiner Tabletten an:
„Hilft mir immer gegen Schwindel. Willste
mal probieren?"
Die Arzthelferin unterband den
entstehenden Schwarzmarkt mit einem
trockenen „Apotheke ist nebenan."

9. Der diplomatische Stuhlstreit

Zwei Patienten stritten sich um den
„besten" Sitzplatz - nah genug an der Tür,
aber weit genug weg vom Zug.
Nach fünf Minuten Positionswechsel und
bösen Blicken einigten sie sich wortlos:

Einer stand, der andere saß – abwechselnd alle zwei Minuten.
Ich beobachtete fasziniert, wie daraus eine Art menschliches Pendelspiel wurde.

10. Die stille Rebellion

Im Wartezimmer stand ein Schild: „Bitte keine Speisen und Getränke."
Ein älterer Herr packte demonstrativ eine Thermoskanne, ein belegtes Brot und eine Tüte Kekse aus.
Als ihn die Sprechstundenhilfe ermahnte, nickte er verständnisvoll – und aß unbeeindruckt weiter.
Sein Kommentar:
„Hab doch nix verschüttet. Noch nicht."

Bonuskapitel: Wahre Wartezimmergeschichten – Teil 3

11. Der Auftragsflüsterer

Ein junger Mann saß mit zusammengekniffenen Augen im Wartezimmer und murmelte immer wieder:
„Ich bin nur hier wegen meiner Mutter...
Ich bin nur hier wegen meiner Mutter...“
Als er aufgerufen wurde, drehte er sich um und rief seiner Mutter zu:
„Denk dran, du schuldest mir jetzt einen Döner!“

12. Die Sitzblockade

Eine ältere Dame hatte ihren Mantel, ihre Tasche, ein Strickzeug und zwei Thermoskannen auf vier Stühlen verteilt.
Als jemand höflich fragte, ob sie einen Platz frei machen könne, sagte sie:
„Nein, die Stühle brauchen auch Abstand.“

13. Das tragbare Wartezimmer

Ein Mann brachte seinen eigenen Klappstuhl
mit - "aus Erfahrung", wie er erklärte.
Als er darauf Platz nahm, klappte er die
Lehne auf, zückte ein Sudoku-Heft und
holte eine Dose Linsensuppe aus der
Tasche.
Camping-Feeling zwischen
Desinfektionsspendern.

14. Die Rollator-Rallye

Drei Senioren mit Rollatoren lieferten
sich ein erbittertes Wettrennen durch das
Wartezimmer.
Das Ziel: Der Stuhl mit der besten Sicht
auf den Fernseher.
Gewonnen hat übrigens die Dame, die
unterwegs heimlich eine Abkürzung über den
Flur genommen hat.

15. Die mobile Wetterstation

Ein älterer Herr kommentierte alle fünf
Minuten lautstark das Wetter draußen:
„Jetzt wird's wärmer!" – „Jetzt wird's
dunkler!" – „Jetzt geht ein Wind!"
Nach einer Stunde hatte er einen kleinen
Kreis von Mitwartenden um sich versammelt,
die Wetten abschlossen, ob es bald regnen
würde.

16. Die Einverständniserklärung

Ein kleiner Junge setzte sich mit
dramatischer Ernsthaftigkeit auf einen
Stuhl und erklärte laut:
„Ich bin freiwillig hier. Ich hab mich
selbst angemeldet. Ich steh dazu."
Die Mutter kommentierte lakonisch:
„Wart's ab, wenn die Spritze kommt."

17. Der modische Notfall

Eine Dame mittleren Alters bat die
Sprechstundenhilfe flüsternd, sie möge ihr
ein zweites Patientenarmband geben:

„Eins für links, eins für rechts. Sieht einfach besser aus."
Krankenhaus-Chic in seiner reinsten Form.

18. Die Infiltratorin

Eine Frau setzte sich ins Wartezimmer, obwohl sie gar keinen Termin hatte.
Als man sie freundlich darauf hinwies, sagte sie:
„Ich bin nur zum Üben hier. Man weiß ja nie, wann's ernst wird."

19. Der Entschleuniger

Ein Herr, der offensichtlich noch nie von Eile gehört hatte, bewegte sich so gemächlich in Richtung Arztzimmer, dass zwei andere Patienten ihn überholten – mit Rollatoren.

20. Das emotionale Finale

Als ein kleiner Junge nach seinem Termin

weinend ins Wartezimmer zurückkam, fragte
die Mutter:

„Was ist denn los?"

Antwort:

„Die haben nicht gefragt, ob ich
Tapferkeitssüßigkeiten will!"

Er bekam später drei Bonbons extra – zwei
vom Arzt und eins von der
Sprechstundenhilfe.

Bonuskapitel: Krankenhausweisheiten – Teil 1

- Wer in der Notaufnahme Geduld hat, braucht später keinen Herzschrittmacher mehr.

- Infusionen laufen immer – außer dann, wenn man es eilig hat.

- Wenn der Arzt sagt „kleiner Pieks", wird es garantiert ein Monsterstich.

- Die Lautstärke des Essenswagens steht in umgekehrtem Verhältnis zur Qualität des Essens.

- Eine kaputte Türklinke wird schneller repariert als ein kaputter Blutdruckmesser.

- Schwestern erkennen dich am Katheter, nicht am Gesicht.

- Ärzte sind Meister der positiven Sprache: „Es ist alles unauffällig... bis auf das Auffällige."

- Die wichtigste Station im Krankenhaus ist die Kaffeequelle.

- Eine Stunde im Wartezimmer entspricht zwei Jahren Zen-Training.

- Wer morgens pünktlich Blut will, sollte nachts wach bleiben.

Bonuskapitel: Krankenhausweisheiten – Teil 2

- Wenn eine Schwester sagt „gleich geht's los", bedeutet das: irgendwann zwischen heute und Weihnachten.

- Der Weg vom Zimmer zur Toilette ist immer kürzer als der Weg vom Zimmer zur Entlassung.

- Visite kommt immer genau dann, wenn man sich gerade ausgezogen hat.

- Je kleiner die Salbe, desto größer der Glaube an ihre Wunderwirkung.

- Patienten, die fragen „Wie lange dauert das?", verlängern automatisch ihre eigene Behandlung um 30 Minuten.

- Das einzige, was im Krankenhaus schneller tropft als der Infusionsbeutel, sind die Gerüchte.

- Jeder Patient wird irgendwann Spezialist – für seinen eigenen Schlauchdschungel.

- „Es könnte etwas ziehen" bedeutet übersetzt: „Halten Sie sich gut fest."

- Krankenhauslogik: Was heute nicht heilt, wird morgen nochmal bestrahlt.

- Wer das Essensmenü versteht, ist bereit für einen Master in Hieroglyphen.

Bonuskapitel: Was Ärzte sagen – und was sie wirklich meinen

(Eine kleine, ironische Übersetzungshilfe für den Überlebenskampf im weißen Dschungel...)

1. Arzt sagt:

„Wir beobachten das erstmal."

Übersetzung:

„Wir haben keinen Plan, was das ist, und hoffen auf Selbstheilung oder Wunder."

2. Arzt sagt:

„Das könnte ein bisschen unangenehm werden."

Übersetzung:

„Bereiten Sie sich auf Schmerzen vor, die Sie Ihrem schlimmsten Feind nicht wünschen würden."

3. Arzt sagt:

„Das machen wir gleich ambulant."

Übersetzung:

„Sie dürfen danach zwar kaum laufen, aber wir brauchen das Bett für den nächsten."

4. Arzt sagt:

„Sie werden ein leichtes Brennen verspüren."

Übersetzung:

„Ihr Körper wird innerlich versuchen, einen Flächenbrand zu löschen."

5. Arzt sagt:

„Sie sind ja noch jung."

Übersetzung:

„Statistisch gesehen überleben Sie den Eingriff vermutlich."

6. Arzt sagt:

„Wir sind gleich bei Ihnen."

Übersetzung:

„Nehmen Sie sich ein Buch. Oder besser zwei."

7. Arzt sagt:

„Das ist ein Routineeingriff."

Übersetzung:

„Ich hab's dreimal auf YouTube gesehen und einmal im Praktikum geübt."

8. Arzt sagt:

„Sie können alles mit mir besprechen."

Übersetzung:

„Am besten kurz, knapp und zwischen Tür und Angel."

9. Arzt sagt:

„Wir wissen noch nicht genau, wann Sie dran sind."

Übersetzung:

„Erst wenn der Chefarzt Golfen war, der Kaffee kalt ist und die OP-Säle wieder aufgetaut sind."

10. Arzt sagt:

„Melden Sie sich, falls es schlimmer wird."

Übersetzung:

„Viel Glück. Und bitte nicht sterben, bevor Sie anrufen."

Bonuskapitel: Checkliste für den nächsten Krankenhausaufenthalt

(Damit man besser gerüstet ist als so mancher Chefarzt.)

1. Humor

Wichtigstes Gepäckstück. Am besten in unbegrenzter Menge mitbringen.
(Kein Krankenhaus stellt ihn zur Verfügung.)

2. Geduld

Für Wartezeiten, für Visiten, für das Mittagessen.
Tipp: Mindestens drei extra Portionen einpacken.

3. Oropax oder Kopfhörer

Gegen: schnarchende Zimmernachbarn, piepende Infusionspumpen und kostenlose Konzertproben auf dem Flur.

4. Lesestoff

Empfohlen: Romane. Nicht empfohlen: medizinische Fachliteratur.
(Sonst entdeckst du Symptome, die du gar nicht hast.)

5. eigene Snacks

Wenn der Krankenhauskeks nach Presspappe schmeckt, rettet nur ein heimlich eingeschleuster Müsliriegel die Moral.

6. Verlängerungskabel und Mehrfachstecker

Die Steckdose ist immer genau auf der gegenüberliegenden Seite des Bettes.

7. Block und Stift

Für Geistesblitze, Kritzeleien und heimliche Notizen über Arzt- und Patientensprüche.

8. Bequeme Kleidung

Im besten Fall so bequem, dass man sie notfalls auch bei einer Spontanvisite präsentieren kann.
(Den offenen Krankenhauskittel lieber meiden.)

9. Eigene Tasse

Krankenhaustee schmeckt aus deiner eigenen Tasse mindestens 30 % weniger nach Traurigkeit.

10. Ein realistisches Motto

Empfohlene Varianten:

- „Alles wird gut. Irgendwann.“

- „Plopp, plopp – ich bin noch da.“

- „Ich lasse mich nicht unterkriegen.
  Höchstens untersuchen.“

Bonuskapitel: Patientenfragen, die man besser nicht stellt

(Wenn Patienten plötzlich denken, sie seien in einer Impro-Comedy-Show...)

1. „Können Sie mir die OP kurz zeigen, bevor Sie anfangen?"

(Kino ja, Live-Demo nein.)

2. „Darf ich mein eigenes Besteck zur Operation mitbringen?"

(Falls man zwischen Blasenspiegelung und Dinner wechseln möchte.)

3. „Können Sie die Narkose bitte aufteilen – erst zur Hälfte einschläfern, dann gucken?"

(Einmal Actionfilm-Feeling bitte.)

4. „Gibt's ein Rabattheft, wenn ich öfter komme?"

(10 Stempel = 1 kostenlose Magenspiegelung?)

5. „Wenn ich während der OP aufwache, darf ich dann Wünsche äußern?"

(Ganz sicher. Wunschkonzert – direkt nach dem Schockraum.)

6. „Kann ich die Tabletten auch als Gummibärchen bekommen?"

(Geschmackssache. Lebenswille: ungebrochen.)

7. „Ich hab die Anweisungen von Dr. Google gelesen – könnten wir das kurz abgleichen?"

(Dr. Google ist der wahre Chefarzt.)

8. „**Wie lange dauert das ungefähr, wenn Sie sich beeilen?**"

(Geheimtipp: Ärzte lieben es, gehetzt zu werden.)

9. „**Kann ich die Narbe hinterm Ohr machen lassen, da sieht sie keiner?**"

(Wenn schon, dann bitte stylish.)

10. „**Wenn ich jetzt noch schnell absage, können Sie meinen Platz jemand anderem schenken?**"

(Wer will, wer hat noch nicht?)

11. „**Bekomme ich nach der OP einen VIP-Ausgang?**"

(Roter Teppich zwischen Infusion und Taxistand?)

12. „Darf ich das Skalpell als Souvenir behalten?"

(Wir bieten auch Schlüsselanhänger aus Tupferresten!)

13. „Kann ich mir während der OP ein Hörbuch anhören?"

(Schmerzfrei durch Streaming.)

14. „Würden Sie beim Nähen bitte einen hübschen Zickzack-Stich machen?"

(Kunstvolle Narben sind schwer im Trend.)

15. „Ich hab auf Instagram gelesen, man kann OPs manifestieren. Muss ich dann überhaupt noch bleiben?"

(Wer an Magie glaubt, braucht keinen Arzt. Nur WLAN.)

Glossarerweiterung – Krankenhaus von A bis Z (Teil 2)

Diätmenü:

Warm gewordene Hoffnung auf dem Teller. Nährwert: spirituell.

Entlassungsgespräch:

Schnellste Konversation zwischen Mensch und Bürokratie – mit maximal drei echten Informationen.

Fieberthermometer:

Das Gerät, das immer dann versagt, wenn es am dringendsten gebraucht wird. Besonders beliebt: Batterie leer beim Messen.

Klinikkittel:

Offenes Rückenteil garantiert. Hauptzweck: Patienten entblößen und Würde prüfen.

Monitoring:
Piepsende Maschinen, die nachts dafür sorgen, dass man nicht versehentlich schläft.

Notfallaufnahme:
Der Ort, wo „Notfall" subjektiv interpretiert wird und Schmerzen nach Uhrzeit behandelt werden.

OP-Vorbereitung:
Hose runter, Geduld hochfahren, Vertrauen abschalten.

Pflegewagen:
Mobiles Versorgungslager für alles, was dringend gebraucht wird – außer dann, wenn man es braucht.

Stationsleiter:

Menschliche Schnittstelle zwischen Chaos, Verwaltung und geplatzten Infusionsschläuchen.

Zuzahlungsbescheid:

Erinnerung daran, dass Gesundheit zwar unbezahlbar ist – aber Krankenhäuser anderer Meinung sind.

Nachwort: Ein Dank an den Wahnsinn

Wenn man eine Reise macht, kann man etwas erzählen.
Wenn man eine Krankenhausreise macht, kann man ein Buch schreiben.

Was als nächtliche Odyssee zur Toilette begann, wurde zu einer Reise durch die skurrile Welt von Terminkalendern, Kathetern, Farbpsychologie und Blasenspiegelungen mit Publikumsbeteiligung. Ich habe dabei gelernt, dass Humor nicht nur eine Überlebensstrategie ist, sondern manchmal auch die einzige Medizin, die sofort wirkt.

Mein Dank gilt allen, die diesen Wahnsinn möglich gemacht haben: den Ärzten, die sich uneins waren, den Schwestern, die schneller spritzten als ich "Autsch" sagen konnte, den Mitpatienten, die ihre ganz eigene Note in das große Orchester der Station einbrachten, meiner Frau **Lydia**,

die mich tapfer täglich besuchte –
vermutlich auch, weil sie endlich einmal
unser E-Auto alleine ausfahren durfte –
und natürlich allen, die nie vergessen
haben, dass ein Lächeln manchmal wichtiger
ist als eine perfekte Blutentnahme.

Und Ihnen, liebe Leserinnen und Leser,
danke ich, dass Sie mit mir diese Reise
angetreten haben. Mögen Ihre eigenen Wege
durchs Gesundheitssystem von Humor, guter
Pflege und einem Minimum an
Ploppgeräuschen begleitet werden.

Bleiben Sie gesund. Oder wenigstens gut
gelaunt.

Euer

Volkmar Friedrich Relle

Widmung

Mein besonderer Dank gilt Wolfgang Illauer, meinem ehemaligen Deutschlehrer am Albrecht-Altdorfer-Gymnasium zu Regensburg.

In einer Zeit, in der ich schulisch eher im Mittelfeld bis auf der Ersatzbank unterwegs war, schenkte er mir etwas, das unbezahlbar ist: Vertrauen.

Er lachte Tränen über meine Schulaufsätze – und bat sogar darum, einen davon dem gesamten Lehrerkollegium vorlesen zu dürfen.

Dieses Erlebnis prägte mich tief und legte, rückblickend betrachtet, wohl den Grundstein für meinen unerschütterlichen Glauben daran, dass Humor über Grenzen hinweg tragen kann.

…

Lieber Herr Illauer, sollten Sie jemals über diese Zeilen stolpern:

Danke, dass Sie den Mut hatten, über einen frechen Aufsatzschreiber zu lachen, während andere noch mit dem Rotstift fuchtelten.

Impressum

Autor: **Volkmar Friedrich Relle** (*alias Fritz*)

Verlag: **Books on Demand GmbH (BoD)**

© 2025 Volkmar Friedrich Relle

Dies ist ein humoristisches Buch. Ähnlichkeiten mit tatsächlichen Ereignissen, real existierenden Personen oder Institutionen sind rein zufällig und nicht beabsichtigt.

Die Veröffentlichung dieses Buches erfolgt über **Books on Demand GmbH, In de Tarpen 42, 22848 Norderstedt.**

Hinweis in eigener Sache

Alle hier geschilderten Ereignisse, Personen und Institutionen sind - obwohl teilweise erschreckend realitätsnah - frei erfunden, überzeichnet oder liebevoll kombiniert.

Etwaige Ähnlichkeiten mit bestehenden Arztpraxen, Kliniken, Halbgöttern in Weiß oder Patienten mit Hang zu Dramatisierung sind rein zufällig und nicht beabsichtigt. (Und sollten sie dennoch erkannt werden, bitte ich freundlich darum, dies als unbeabsichtigte Hommage zu betrachten.)

Im Zweifel gilt:
Alles kann, nichts muss wahr sein. Aber alles war einen Lacher wert.

BREAKING BUCH-NEWS!
Ich gebe es offen zu: Ich bin blutjung.
(Nicht was das Alter betrifft - da tropft höchstens noch der Rotwein - sondern als Autor!)

Meine ersten 3 Bücher sind nun endlich da - und wie das bei Erstlingswerken so ist, schleichen sich auch mal kleine Fehler ein. Im Fall von „Digitales Scheitern" war's dann gleich ein Kapitel-Karussell: Kapitel 1 erschien gleich dreimal, Kapitel 2 und 3 fanden das wohl unfair und sind einfach weggeblieben. (Ist jetzt natürlich behoben – aber die Erstausgabe wird wohl bald ein Sammlerstück…)

Auch in den anderen Büchern verstecken sich ein paar Formatierungsschmankerl, wie Kapitel, die sich einfach mal auf der linken Seite breitmachen. So frech!

Aber jetzt kommt der Clou:
Wer einen Fehler findet, darf ihn behalten – und darauf hoffen, dass das Buch eines Tages zur literarischen Fehlprägung mit Wertsteigerung wird.

Und weil das Ganze natürlich auch ein cleverer Marketing-Gag sein könnte (oder doch nicht?), überlege ich eine Buchverlosung:
Wer einen Fehler postet[1], gewinnt...
Trommelwirbel
... 3 Wochen Luxusurlaub auf Mauritius – 5 Sterne All Inclusive!

---

[1] Facebook: @vorelle_official

(Okay, das war natürlich nur Spaß. Aber ein Buch kann man schon gewinnen)

Danke an alle Leser*innen mit Humor, Adleraugen – und Herz.

Aktuelles und Neuerscheinungen unter:

www.vorelle.de

Noch mehr Ironie unter:

www.pepironie.de